异度——蓝色弹珠 / 2016年 / 137cm×164cm

淡绿色的月亮

精典名家小说文库　谢有顺 主编

须一瓜 著

作家出版社

图书在版编目（CIP）数据

淡绿色的月亮 / 须一瓜著 . -- 北京：作家出版社，2018.6

（精典名家小说文库）

ISBN 978-7-5212-0097-3

Ⅰ . ①淡… Ⅱ . ①须… Ⅲ . ①中篇小说 – 中国 – 当代 Ⅳ . ① I247.5

中国版本图书馆 CIP 数据核字 (2018) 第 128795 号

淡绿色的月亮

作　　者：	须一瓜
责任编辑：	丁文梅
装帧设计：	精典博维·肖　杰　马延利
责任印制：	李卫东　李大庆
出版发行：	作家出版社
社　　址：	北京农展馆南里 10 号　　邮　编：100125
电话传真：	86-10-65930756（出版发行部）
	86-10-65004079（总编室）
	86-10-65015116（邮购部）
E-mail:	zuojia@zuojia.net.cn
http://	www.haozuojia.com（作家在线）
印　　刷：	三河市兴博印务有限公司
成品尺寸：	125×185
字　　数：	45 千字
印　　张：	3.625
版　　次：	2018 年 10 月第 1 版
印　　次：	2018 年 10 月第 1 次印刷
ISBN	978-7-5212-0097-3
定　　价：	39.80 元

作家版图书，版权所有，侵权必究。
作家版图书，印装错误可随时退换。

目录

淡绿色的月亮 ...1

所有的判决,都是人生剪影(代后记)...89

淡绿色的月亮

一

不是谁都能看到淡绿色的月亮的,它只是有的人在有的时候能够看到。

芥子在那天晚上看到了。她是在钟桥北的汽车里看到的。桥北到机场接回了回娘家一周的芥子。然后,他们停好汽车,手牵手开门进屋。桥北在开门的时候,顺势低头吻咬了芥子的耳朵。

保姆睡了。她把房间收拾得很干净,能发亮的物件都在安静地发亮。玄关正对着大客厅外的大落地窗,阳台上的风把翡色的窗帘一阵阵鼓起,白纱里子就从翡色窗布的侧面,高高飞扬起来。卧室在客厅侧面隐蔽的通道后面。

芥子的头发还没吹干,桥北已经在床上倒立着等她了。说是倒立健脑,桥北还有很多健身的方式,比如,每天坚持的两千米晨跑,周末三小时的球类运动。桥北无论生活还是工作,都充满创意。比如,做爱。近期,桥北在玩一种花生粗细的红缎绳。芥子叫它中国结,桥北不厌其烦地纠正说,叫爱结。红缎绳绕过芥子的漂亮脖颈,在分别绕过芥子美丽的乳房底线,能在胸口打上一个丝花一样的结,然后一长一短地垂向腹深处。桥北给全裸的芥子编绕爱结的过程,也是他们双方激情燃烧的美妙过程。芥子喜欢这个游戏。

入睡的时候大约是十二点。芥子一直毫无睡意,起来服用安定的时候,她不敢看钟。再次醒来的时候,她第一感觉是谁在喊叫。有只一人高的小白兔站在她床前。眼睛很涩,她睁开眼睛马上又想闭上,可是,她突然打了个激灵,一下从床上坐了起来。

是的，不是做梦，真的有人站在她面前，手里有刀！桥北不在身边。那人脸上戴着小白兔面具，白兔一只耳朵翘起，一只耳朵折下来；客厅灯亮着。芥子一张嘴就想喊桥北，小白兔一下捂住了她的嘴，刀尖差一点就要扎在芥子的鼻子上。芥子闻到那只陌生的粗糙的手心上的汗味混合什么的怪味。

小白兔的表情始终是得了大萝卜的高兴表情，可是面具后面的人挥着刀，手势十分凶狠：敢喊，我就不客气！喊不喊？

芥子慌忙摇头。小白兔用力捏了下芥子的脸颊，拿开了他的手，但刀没移远。出去！那人说。

芥子下床。她穿着冰绿色的细吊带丝质睡裙，睡裙长达脚面，可是胸口比较低，所幸爱结还在脖颈上，松松垮垮地吊着，芥子觉得多少掩饰了一些空档。

桥北在客厅，他被绑在一张餐椅上，一个带着大灰狼面具的人站在他身边。没有看到保姆。一见到芥子，桥北就做了个没有食指配合的"嘘"的表情。芥子知道桥北要她安静、镇静，可是，芥子克制不住地颤抖，想哭，也想叫喊。小白兔晃了一下耳朵，大灰狼就过去拖过一张餐椅。大灰狼去拖餐桌椅的时候，芥子发现他是个不太严重的瘸子，不知想平衡，还是想掩饰，大灰狼用跳跃的方式行走。

大灰狼把椅子放在沙发前，离桥北四步远的地方。芥子被小白兔用力按坐了下去。大灰狼马上拿着不知从哪里拿出来的棕绳，要绑芥子。芥子尖叫起来，小白兔一巴掌就甩了上来，芥子噤声，转头看桥北。桥北没什么表情，似乎闭了下眼睛，还是要芥子安静的意思。芥子的一颗眼泪掉下来。大灰狼就把芥子的手熟练地反绑在后面了。桥北对芥子说，别紧张，没事，他们不是有困难，不会到我们家的。是吧？兄弟，看喜欢什么，你们拿好了，我们也不报警，只请你别伤害我们。

桥北的包、芥子的包、两人的手机都在沙发前的大茶几上。小白兔示意大灰狼看好两人，他开始搜包，两人包内每一个夹层的东西都倒出来了，大小面额的钱、购物发票、优惠卡、会员卡、身份证、医疗卡、口红、粉盒、卫生护垫倒了一大摊，桥北的包竟然只有一个旧的电话本和一个摩托罗拉Ｖ998手机，和两块电池；小白兔在一个夹层中找到五十元和包着它的一张发票；芥子的包内东西占了一大堆，可是，这一大堆里的钱只有两百多元。桥北现在使用的黑包不在。

芥子在想幸好把两千元钱给了妈妈，还有桥北的现在用的黑包肯定是落在车上了，这个是他已经不用的旧包呢。小白兔突然冲到桥北面前，一把揪起桥北的睡衣前襟：还有钱在哪！

桥北说，我也不清楚。包不是都翻了吗？三个手机你们都拿走吧，请把智能卡留下好吗？

大灰狼瓮声瓮气地说，这手机当然是我们的。还有钱呢？

小白兔面具的眼睛窟窿位置，射出非常阴冷的光。显然他是主谋。你俩住这样的房子，不是只有这点钱的人！快点！我没时间！

大灰狼面具的嘴巴窟窿，能隐约看到后面的人脸上有一副挺长的暴牙，人脸瓮声瓮气地说话，可能是想把牙齿遮盖得好一点，以至养成了习惯。他说我大哥一旦见了血，就收不住手了。你们最好不要让他见血。

桥北说，到卧室的床头柜抽屉里看看吧。

二

歹徒是凌晨五时离去的。他们在佣人房找到了被毛巾堵嘴、捆绑得快死过去的保姆。桥北说，他们大约是凌晨四时左右进来的。开门进来，钟桥北说他是在卧室卫生间听到客厅好像有异常动静，于是，走到通道观察的时候就和两名劫匪相遇了。月亮非常亮，西斜的月光洒过阳台，透过白纱窗帘，照在沙发上。小白兔和大灰狼的黑影就突兀在沙发前。然后他们扑了上来。

歹徒总共得到了五千二百元现金，其中五千元是银行卡上根据密码到柜员机上连夜提的款；四万元航空债券，再过两个月到期；两个戒指、一条白金项链；三个手机，其中桥北的是才买一个月的商务通手机，价值近五千元。

警察接到报警电话就来了。先是两个，后来来了好几个，乱哄哄的。芥子想想就想哭。警察分别给桥北和芥子、保姆做了笔录，不同的警察，问的问题差不多，但是，他们还是一对一对地反复提问、记录。警察似乎越来越怀疑保姆，有关她的问题，问得越来越细。

钟桥北和芥子离开刑警中队的时候，已经十二点半了。保姆要稍后问完。他们就先走了。也许受了警察影响，钟桥北也开始分析保姆作案的种种可能性，但芥子不想参与分析，她不想说话。就是不想说话。桥北说，你怎么啦？

芥子小声说，很累。

两人到牛排馆随便吃了点午餐。桥北说，回家睡一下就好了。别难过。钱毕竟身外物。想开点，好吗。

芥子还是不想说话。桥北说，这案子你说能破吗？

一块牛排被芥子割得稀烂，她只是吃了一个煎鸡蛋。桥北已经明显感到芥子情绪低落。他动手用自己的叉子叉了一块牛肉往芥子嘴里送。芥子扭过头，不接。芥子说，他们都比你个子小很多，其中有个人是瘸子。

桥北愣了愣，可是，桥北说，他们手上有刀。对不对？

芥子点头。

桥北是当晚七时的飞机。飞大连，有个展览会。他不知道芥子午睡也失眠，芥子当时尽量不动地躺在桥北身边，桥北打呼噜的时候，她悄悄爬起来，一到客厅，凌晨四时发生的一切又历历在目。歹徒是开门进来的。

她不知道桥北是和歹徒怎么遭遇的，她对她醒来的前面，一无所知。只是警察进门之前，他们说了几句。桥北说，我一看见陌生人，就什么都明白了。我马上说，你们要什么就拿吧。我不反对，大家出来混也都不容易。桥北说，幸好我反应快，开了灯我才发现他们手里有刀！

五时许，桥北提着行李出门。三分钟后，他又回来了。他说，你情绪很差，要不我叫我妹妹来陪你？芥子说不要。芥子不喜欢钟桥南，桥南是那种直爽和无耻分不清界限的人。

你开门。

芥子把防盗门打开。桥北进来，放下包，用力抱了抱芥子。你行吗？桥北说，我不放心。芥子说，你走吧，我不害怕。你快走吧，赶不上飞机了。

芥子是站在窗后看着桥北下楼后，穿过后围墙被人图走近道而拆毁的铁栅栏，走到马路对面的停车场的。

桥北的确非常帅气，高大结实，开车的样子也像个赛车手。芥子站在窗前回忆，小白兔和大灰狼好像都和她差不多高，应该在一米六七左右。

保姆怨气冲天地煮了两份面条。她说她都快被坏人弄死了，到现在胳膊还在痛，那些警察案子又不会破，一直问我们有什么用啊。她把面条放在桌上，就翻起衬衫给芥子看她被捆得发青的绳痕。

芥子说，要不要涂什么药？保姆哼了一声，说又没破。那两个坏蛋如果抓住了，我要亲口咬死他！芥子说，收拾好了，你早点睡吧。昨天没睡好。

芥子临睡前又把门和窗看了一遍。都是反锁反扣好的，如果没人配合，外面的人是进不来的。可是，芥子在床上还是翻来覆去睡不着。她爬起来，想象凌晨四时的情景。她先到卧室的卫生间。桥北站在卫生间听到了外面的异常动静，然后，他怎么走过两米多的通道呢？客厅里站着两个陌生动物，其中一个还匆匆调整了一下面具。桥北没有扑过去,如果扑过去会怎么样呢?桥北反应过人、孔武有力。可是,桥北没有扑过去,而是矮小的入侵者向高大的桥北扑来。

芥子开着灯,在沙发上久坐。保姆出来了,揉着眼睛说,为什么不睡呀,睡吧,没事了,你到自己房间把门反锁好就行了。要不要我陪你?

芥子忽然感到了真正的恐惧,谁是真正的敌人啊。芥子站起来,说,我没事,我这就去睡,你也睡吧。芥子连忙进了房间,把门反锁后又检查了两遍。整个晚上睡不好。

次日一早,警察上门请走了保姆。芥子吃过麦片,靠在沙发上竟然睡了过去,直到电话响起来。桥北说,你没事吧?

芥子想哭,可是她感到自己不想让桥北知道她想哭了。她说,我没事。飞机很顺利是吗?桥北说,很顺利,进城安顿下来太迟了,没敢去电话,怕吵你。芥子,听我一句话,钱是身外物,你别看不开。破财消灾,懂吗?

我知道。芥子低声说。她本来想说,这不是钱的事。但芥子说,那你什么时候回来?桥北说,七八天吧。有事打小王的手机,我都和他在一起。你记下他的手机号好吗?

芥子说好,你说吧。其实,芥子手上没有纸也没有笔。桥北在电话里三个三个一组地报号码,芥子三个三个地重复着,但什么也没记下来。

三

芥子到她的"芥子美剪"美发店的时候,早班的员工都到了,几个洗头工在叽叽喳喳地议论芥子家的事。因为昨天芥子跟师傅阿标说了几句,就到警察那里忙了大半天,一整天没过来看店。阿标手艺不错,就是见人就黏糊，店里的洗头小女工被他泡得争风吃醋，吵来吵去，可是，很多女顾客喜欢阿标料理头发。阿标的大腿会讲话，手上的剪刀不停，动作准确，腿上的膝头也善解人意地和女顾客促膝谈心。钟桥南最会骂阿标，可是，她指定阿标做她的头发，不管是剪还是染，非阿标不干。再迟也等。

钟桥南来做头发倒是都付钱的，她说亲兄弟明算账，可是，她要是带朋友来弄头发，就非常豪迈。走时，照例喊一声，多少钱？芥子照例说，算了算了，自家人你干什么呀？

钟桥南就说，那好吧。或者转身就对朋友说，怎么样，下次还来找芥子、阿标吧？我叫他们优惠。

芥子就笑着送客。阿标有时会撒娇，拦着不让桥南走。因为他是靠抽成的。他说，姐姐，我欠房租了，你不付钱苦了我啦，要不我晚上睡你身上？桥南伸手就狠捏阿标无肉的腮帮，阿标就顺势矮下来，杀猪一样叫唤：啊，姐姐！那你睡我吧！姐姐！睡我吧，怎么睡都行！

阿标一看到芥子进来，就拨开了身边的女孩，站了起来。他说，怎么样啊，老板？有希望破案吗？芥子说，天知道。反正都抢走了。阿标说，真的是好几万吗？芥子不想多说，她说，前天毛巾谁洗的，一股味道。客人提意见了。不是说过，这些小节要注意吗？阿标你查一下。扣钱。

正说着，桥南进来了。桥南像一个两头尖的大柠檬，她理着板寸头，金色的头发，穿着青黄色的大号T恤，下面是一条牛仔热裤，短得到了大腿根，衣服一盖，就像没穿裤子。阿标一见就哇哇大叫起来，姐姐，我受不了你啊，求你穿上裤子再来吧！桥南二话不说，一屁股坐到了阿标的腿上，还用力蹾了一下。

桥南说，怎么回事？芥子，我哥给我打电话了，让我来看看你。真是怪了，肯定是你保姆里应外合干的！

芥子虽说是嫂子，可是，桥南比她大四岁，平时都是桥南说话，没有芥子多说的份，芥子也不喜欢和桥南抢说什么。芥子说，警察还没破案呢，我也不知道是怎么回事。

桥南说，我分析呀，就是那个保姆。我平时看她就贼眉鼠眼的。他们带刀是吗？听说连脸都不敢露出来，肯定是熟人！芥子认为有道理。

他们怎么进来的，个子高吗？什么口音？桥南像侦探一样发问。芥子就她知道的部分，粗略地说了一下，因为她不愿意在店里谈这些问题，尤其是小工这么多的情况下。

桥南不管。桥南说，没错，那个保姆最值得怀疑。苦肉计嘛，谁都会！我早就跟我哥说过，芥子你记得吧，我早就说换掉她。我哥那人，唉，傻逼一个！平时整天跑步健身什么的，好像牛得不行，结果，真的来了劫匪，扯！和他们谈判！卖家求和！要是我啊，非和他们拼了不可！在自己家，谁怕谁啊，他们心虚得脸都不敢出来，要我先一把扯下它！再用凳子砸，动静一大，吓都把他们吓跑啦！

姐姐啊，你是孙二娘啊。怪不得我怕你。

桥南瞪了阿标一眼，去！闲着就给我洗洗头、吹吹。我没空和你啰唆。快点，用沙宣。

芥子说，可是，他们有刀。

刀？刀算什么？关键是他们做贼心虚！你一凶他们就软了，你反抗他们就怕了，他们还会用好刀吗？我哥腿那么粗，一脚就踢飞他的狗屁刀。天下歹徒都一样，唉，你们两个窝囊哪，尤其是我哥，真没劲！我要在你家，一棍子劈死他们！

正在给桥南满是泡泡的头发上抓洗的阿标，听了吃吃笑。

四

晚上回到家就十点半了。是阿标提醒芥子要不要先走，他来顾店，并说要不要送送她。芥子说很近路灯又亮，就先走了。保姆真的被警察留住了，接下去不知道会怎么样。想起保姆前一段和芥子聊天时说，看到什么什么地方的人，因为面对歹徒不肯交钱，结果被砍了二十多刀。真是不值得，人嘛，把钱看得比命还重是傻瓜。芥子说，是啊，命比钱重要。

现在回想起来，这保姆真是像同伙，是不提前做思想工作来着？芥子进屋后，仔细检查门窗后，开始洗澡。关掉客厅的灯回卧室的时候，她发现客厅月光明亮。她站了一下，不由又站到了桥北听到动静后出来的位置，是啊，看客厅非常清楚，两个小个子歹徒目测是一目了然的。桥北说什么，他说他幸好反应快，马上就说，要什么你们拿去，你们出来混也不容易，喜欢什么就拿吧。

是这样说吗？是这样说的。后来开灯才发现，他们有刀。就是说，还没看见刀的时候，桥北就妥协了。对吗。

昨天凌晨的事态中，芥子有三次感到强烈委屈。一是，桥北说我不知道钱在哪，那一瞬间，芥子感到压力特别大。是啊，很多人家都是女人管钱的，也许歹徒家也是；后来，桥北让芥子指引歹徒到卧室床头柜开抽屉。

抽屉的钥匙在书房第三格书架的杂物盒里。小白兔解开芥子和椅子绑在一起的绳子，但还是反绑住她的双手。他要她带他们拿钥匙、开抽屉。在桥北无奈和鼓励的眼神下，芥子乖乖地带着他们取钥匙。就是这次，他们找到了银行卡和债券还有首饰。

他们重新回到客厅。这一次没有再把芥子和椅子绑在一起，小白兔让芥子坐在沙发上。他把银行卡拿着手上晃动,他说,说出密码!

桥北和芥子互相看着。小白兔站起来,用刀在桥北的脖子上划了一下,芥子瞪大了眼睛。看上去不重,可是,有一颗血珠在桥北脖子划痕的下端慢慢大了起来。芥子又开始颤抖。桥北说,告诉他吧。

小白兔点头。似乎是赞同,也似乎是明白了:是这女人管家。

小白兔坐到了芥子身边。沙发陷了陷。芥子尽力挺直胸,想让衣服和身体接触密实,因为只要两肩一松,旁边人就很容易从胸口看到乳房,甚至透过乳沟看到小腹。桥北确实是不知道这张银行卡的密码,可是,芥子还是再次感到委屈。

芥子报出的是错误密码。小白兔看了芥子好一会儿,似乎在断定她有没有撒谎。芥子低下头。小白兔起身再次检查了桥北的绑绳,让大灰狼飞快地出门找柜员机提款去了。

小白兔更近地挨着芥子坐下。芥子想站起来，被他一把拽下，几乎跌在小白兔子怀里。再不老实，把你再绑到椅子上！芥子感到面具后面的人脸不怀好意地笑了一下。小白兔重新把放在茶几上的刀拿在手上把玩。

别那样！桥北说，大哥，不是要什么都让你拿了吗？

小白兔这回笑出了声。真的吗？

他用刀尖把芥子脖子的爱结，小心翼翼地挑了出来，端详着，兔子的耳朵碰到了芥子的脸。芥子努力往后，小白兔突然用力劲扯了红绳子一把，芥子栽向他，然后，他把爱结掉个头，长带放脖颈后面，似乎换一个角度欣赏着，可突然从背后猛提起绳子。芥子的脖子一下被卡得火辣辣，舌头被勒得伸了出来。可是，小白兔马上把手松了。芥子剧烈咳嗽，她闭上眼睛。她觉得自己差点就死了。

小白兔又把红绳子掉转回头。芥子抖得无法克制，可是，她知道桥北救不了自己，所以就不肯睁开眼睛。小白兔坐在了芥子大腿上，然后不是用刀，而是用手，把爱结轻轻放回原来的地方。他的手食指少了一节，好像是被切断重长的，因此，指甲变形、指尖圆大得像个肿瘤。那手送红绳子进去后，就停在她的乳房上。芥子觉得，那只肮脏的手，停着，开始慢慢地用力，她不由全身绷紧了。就在这时候，门外响起了大灰狼的脚步声，小白兔像弹簧一样，高高跳离了芥子。

芥子睁大眼睛看桥北，桥北也大睁着眼睛看她。芥子大睁着眼睛，泪水就越过睫毛掉了下来。

芥子在月光明亮的客厅内走动，桥北的位置、她的位置、小白兔的位置，还有大灰狼的位置。她一一都走到位，停留，昨天晚上的一切历历在目。她到烘干的衣服里找到了爱结，看了很久，然后，她找出剪刀，在茶几上，把它一节一节地剪碎了。

还是睡不着觉。什么人都没有的房间不时发出卡啪嗒的细微响声，像有人从隐蔽的角落出来，不慎碰到了什么。芥子感到害怕，而且越来越怕。她把灯打开，又把卧室的门锁检查了一遍。快十一点四十了。桥南本来说要来陪她睡，可是她不肯，说自己一点也不怕。现在，给谁打电话呢？没想到，她拿起电话就按了谢高的电话。

谢高说，是你。有事吗？

芥子说，噢，没事。听说你通知明天下午开业主会议？

是啊，居委会综治小组长都通知了吧。你自己来吧？要整治发廊秩序了，有些新规定。

我自己来。会开很久吗？

不会。说说整治计划，签个责任状就好了。你就这事啊？

嗯。我问问。那再见吧。

过了两分钟，电话响了。芥子以为是桥北，却是谢高的。谢高说，我知道你家出事了。钟桥北做完笔录出差了。你是不是一个人害怕？

没有。我不害怕。

你是害怕。要不我过去陪陪你？今天我值110。

我不害怕。

谢高很轻地叹了一口气，说，你自己关好门，我叫联防队员巡逻时多走你那段。好好睡吧，不可能再发生一次的。没这个概率。

五

谢高是这个辖区的治安警察，专门管特种行业的，什么发廊啊按摩院啊，洗脚城还有歌厅舞厅娱乐的。很多小业主都巴结他，可是谢高总是神情郁闷。他郁闷着脸到处转悠，看到不顺眼的张口就骂、抬脚就踢。今年特种行业放开了，不需要公安审批，申请人只要完成工商、税务登记什么的，就能开张。一时之间，这条街上冒出了十几家发廊，还不算小巷深处的。如果五十米内有六家发廊，你说靠什么竞争呢？实际上，这六家可能都不是发廊了，可能合起来，都找不到一个正规师傅、甚至一把剪刀。你叫它色情按摩院也对，尤其是偏远一点的小店。

在芥子美剪的后面拐角一个叫"情思"的发廊，水平不怎样，可是生意兴隆。每天都有几个乳房都快跌出小衣服的小姐，坐在店门口，飞着媚眼，打捞路过的男人。两对男女被突然行动的谢高他们逮个正着，两个正在从事色情摸弄的小姐都是包着毯子押出来的。阿标他们看到了。芥子后来问谢高为什么，谢高说，一穿上衣服，她们就什么都不认账了。没办法。

还是抓不过来。这个情思关了，还有更多的"情思"缠绵着开。谢高他们挺烦的，大骂工商闭着眼睛审批，根本不看市场需求，人为恶化治安环境；可是，工商那边也不含糊，说不是一切由市场调节吗？谁要管那么宽，经营不下去，自然就倒了。爱开谁开。

等黄了一条街的时候，人民群众当然大骂警察笨蛋，有人往市人大、政协写信，信访件一层层转下来，谢高他们就要一件件去文字说明情况。谢高就经常恼火，看到张店光线不良、李店小姐媚笑，甚至偷做隔间，就气不打一处来，态度十分恶劣。而他已经无权封他们的店了。

但是，谢高对芥子非常友好。芥子一向守法经营，芥子有阿标这样的小有名气的两位大师傅，还有两个小师傅，还有六名基本安分守己、技法熟练的洗头工，芥子还有一大群的固定顾客，因此，从来不给谢高他们添乱。认识谢高的时候，谢高还是责任区警察。两个喝多的东北人，一头撞进店内，开口就要小姐。值班师傅说这里没有，他们竟然就把师傅痛殴了一顿，把店里砸得乱七八糟。通过那事，来处理案件的谢高就认识芥子了。

同行竞争难免飞短流长，就有人说，芥子是靠谢高的保护伞发财的，说芥子和谢高关系很那个。芥子自己的员工有的也这么偷偷议论，有些洗头工流动性大，流来流去说只看见谢高在芥子面前会有笑容。芥子不管它，她爱桥北，桥北也知道，桥北从来不把发廊里那些东西当回事，比如，那个不男不女的阿标，而一个小警察，桥北就是听到什么，也断然不屑放在心上。他们互相认识，桥北对谢高十分客气，见面总说，谢谢老哥关照；谢高对桥北也非常礼貌，谢高对芥子说，你老公挺不错，又帅。

会议在街道办三楼小会议室开。谢高主持的，他们所领导也来了。街道分管治安的副书记、街道综治办主任及各居委会综治小组长都来了。美容美发行档小老板、小业主都来了。讲了辖区治安情况、讲了精神文明、讲了发案率，点名批评了不良发廊，表扬了包括

记忆·轮回 / 2008年 / 146 cm × 77 cm

神游 / 2007年 / 97cm×60cm

"芥子美剪"在内的守法经营店家,然后,各家签下治安责任状,发誓保证本店文明守法,并积极检举揭发他店破坏治安的不正当竞争行为。举报有奖。

散会的时候,谢高叫住芥子帮他收拾会场。谢高说,晚上一起吃饭好不好?反正你保姆出不来了。

芥子说,我的保姆真的有问题?

你以为我们总是乱抓人吗?

芥子说,去哪呢?我是说吃饭。芥子突然很想和谢高待在一起,她否定是情感上寻找依靠,她认为她只是想知道一些关于这起入室抢劫案的内幕。所以,芥子说,我请你好吗?

谢高笑起来。好啊,你不怕别人说你拍我马屁?

我又不干坏事,我拍警察干嘛?

谢高到所里换下警服,就和芥子一起走了。

六

"茉莉苑"是利用一栋旧别墅改建的酒家，外墙和内部装潢都非常温馨怀旧，就像别人的温暖的家的感觉。老板是个男人，打扮得像刚从高尔夫球场归来。看到谢高，奔过来就拥抱，好像久别重逢。谢高没有表情地和他拥抱一下。他们互相拍了拍对方的后背。原来这是谢高过去在这做责任区警的朋友。谢高说有包间吗？拐角那个小间的。

老板看着芥子，暧昧地说有有有，给你留着呢。谢高也不怎么笑，说，菜快点上好吗？我中午没吃饭。芥子觉得谢高真的脸色郁闷，好像没什么人能令他愉快，不过谢高看到桥北真的非常友好，虽然他们毫无友谊可言，这样说来真是可贵。三楼拐角的小包间，是利用小阳台改建的，玻璃墙看出去就是微波荡漾的茉莉湖，垂柳弯弯的，扶桑花在水边的柳丛下，火一样，一团一团的。景致很深远。

这间还只能坐两个人。谢高说,喜欢吗?

芥子说,真没想到。以后我还来。她本来想说,下次我要和桥北一起来,可是话到嘴边就不想说了。谢高说,我喝点啤酒,你要不要?或者点果汁。芥子说,我也喝酒吧。

两人就没话了。芥子第一次单独和谢高一起吃饭,本来有很多话想说,可是,一时不知如何开口,只好等谢高问。她以为谢高会问前天晚上的事,可是,谢高不说话了,只是抽烟。

芥子尴尬起来。点菜的小姐怎么还不来?她说。

谢高说,不用点,他们知道我爱吃什么。你今天就陪我吃我爱吃的吧,好不好?钟桥北什么时候回来呀?

七八天吧。芥子说。谢高轻轻笑了,你老实说吧,昨天半夜打电话是不是吓到了?芥子摇头。谢高点头笑了笑。

我的保姆真的是一伙的？

我不知道。案件不是我办的，但他们不会抓错人的。

你是不是不想对我说真实情况？

你要知道什么真实情况？

我家的事。我不知道保姆说了什么？你们抓她是发现了什么不对头的地方吗？还有同案的人在哪里？

我真的不知道，即使我知道，可能也不便告诉你，因为现在案件还在侦查审理中。你别想这个事好不好？

小姐端来一个小瓦斯炉，原来全部是吃蛇。蛇皮蛇肉分开了，切装了十几个小碟，白的肉、黑花的皮，还有棕色的调味酱、芫荽、青瓜什么的摆了一桌。蛇骨不知怎么团成一个圆圈，正放在汤里熬。

谢高说，我听说过你吃蛇。吃吧，降火。你上火了。

芥子会吃蛇，但不爱吃蛇。谢高说她上火，她就想自己一直没睡好。谢高替她舀了蛇汤，然后把白白的蛇肉片放进沸腾的小锅中。等水一开，他就把烫熟的蛇肉放在芥子碗里，教她蘸着调味酱吃。

芥子说，如果歹徒是到你家，你会怎么样？

谢高惊讶地扬起脸，我？没想过。

那你想想吧。情况和我家的一样。两个小个子进来了，谢高你有多高？

一米七九，比你老公矮。

你家突然出现的两个歹徒，只有我这么高，有一个还是瘸子，不过他们手上有一把匕首，像一本书那么长，很尖。你会怎么办呢？

我回答不好。也许我会本能地抵抗，制服了他们；也许我被砍伤砍死了；也许我把钱给他们，就像你们做的那样。

你为什么要给他们钱？

因为他们可能丧心病狂，我不是对手。其实这个问题，一定要看具体的情景，你在当时会形成具体的感觉，并判断什么反应是最正确的。你为什么问这个？

要是我们就是不合作呢？

那我可能已经见不到你了。谢高笑了笑，你为什么一直问这种傻问题。告诉你，你碰到的歹徒是新手，如果是老手，早就搞定了，没必要拖那么久，危险性大大增加了。还被你蒙骗错误密码，来来去去的。

你知道案情呀。

快吃吧，清凉降火。我也饿了，你老问话，我才吃了两块。

过了一阵子，芥子忍不住又说，你真的会妥协吗？可你是警察啊！

警察也是人啊。别想这事了，案件有希望。办得快的话，东西都能找回来。谢高边说，一边站起来，不断往芥子碗里放烫熟的蛇肉。

如果我现在和你穿过茉莉湖，碰到歹徒，你会怎么办？

唉，又来了。打得过就打，打不过就给钱。如果还要人身侵害，比如劫色，只好和他们拼了。

但是，那时候你已经被打坏了，或者被绑起来了，因为你一开始就不反抗。

你能不能不说这个问题啊。要不，我们现在就下去走走，看看有没有歹徒出来，让我们试验一下？你这是怎么啦？

我觉得一般人都会认为和警察在一起比较安全。

看到谢高的脸色阴郁下来，芥子闭嘴。开始自己打捞蛇肉。谢高不再回答问题。芥子也不敢再问了。谢高后来意识到了什么，说，喝酒吧，芥子。我们说点轻松的，免得你晚上又睡不好。来，多喝点，晚上好睡觉。等会儿我送你回去，好吗？

七

桥北回来的前一天，案件告破了。办案刑警叫芥子前往指认。芥子其实认不清楚作案人的脸，因为他们始终戴着面具，她是凭他们的身形辨认的。大灰狼有点瘸，没错；小白兔的手很粗糙短小，左手的食指第一节缺失，而食指尖变得像蛇头一样尖圆。保姆确实和他们是一伙的，在警所，警察把戴着手铐的保姆带过芥子身边时，保姆冲着芥子笑，还想用手拉芥子，芥子惊叫一声。警察喝叱着保姆，推她走。

手机三个销赃出一个，是芥子的三星；首饰和航空债券都未及出手，现金五千二百元只剩几百元。警察说，要等开退赃大会的时候，一起领。

桥北在电话里知道案件告破非常高兴，说回来请警察吃饭。桥北回来的时候，直接进了家，然后给店里的芥子打电话，要芥子回来。芥子说，买点菜吗？每次从外面回来,你不是想吃稀饭?

桥北说,保姆不在不方便。我们上街找稀饭吃。

在"无名指"吃饭的时候,桥北说,我再给你买个手机吧。你高兴吗?等会儿就上手机店挑去。

芥子说好。桥北说,这件事把你胆子练大了。我本来以为你会不敢一个人待着。桥南却说你一点都不怕。

是谢高说,不可能再发生第二次的。

回头你跟谢高说,明天我请他和他的办案兄弟们喝酒。请他帮忙招呼。谢高人不错啊。他到我们家过吗?陪你?

没有。他让联防队员巡逻的时候,多巡我们这一带了。谢高说,如果那事发生在他家,他可能会抵抗,制服他们;也可能像我们一样,把钱给他们。

他毕竟是警察,和我们不一样。我要是警察,保姆她敢叫同伙来试试。

芥子说,要是你一开始就反抗会怎么样?

桥北停下来，看着芥子。芥子把眼睛转开了，看大街上。

一开始我冲过去了，我踢倒了一个。桥北说，可是我被茶几绊倒了，他们两个就扑过来，压住我。我的脖子被踩住了，后腰被踢了，第二天青了一片，现在都褪色正常了。我知道他们会玩命的，所以我说，要什么你们拿，别这样吓人，我不会报警。你吃了安眠药，你什么动静都听不到，等你出来就看到我被绑在椅子上了。对吗？

芥子点头。

谢高叫了两个承办刑警过来，其中一个是陶峰，是他的同学、好朋友。桥北也叫了公司两个朋友过来，因为在桥北走后，他们都很关心朋友妻子，桥北不在的时候，总是来电关心问需要什么帮助。

陶峰很爱说话。大家喝着酒，吃着螃蟹，吹着海风，听陶峰主说。原来是这样，保姆的丈夫就是小白兔，而大灰狼是保姆的亲弟弟，实际上就是姐夫和小舅子的搭档配。桥北公司的朋友笑着说，原来两匪互为中纪委啊。大家笑，桥北也笑。芥子看到，谢高看了她一眼。谢高本来就不喜欢笑。芥子也没有笑，她在想那只曾经放在她乳房上的手。这一节，做笔录的时候，第一次她有含糊说到，第二次以后，就不愿意再说了，每次都跳过去。她也不知道为什么。桥北当然看得很清楚，但是，桥北会说吗？应该也不愿说。

如果他们不是姐夫小舅子的搭档配，接下去会发生什么呢？芥子突然一阵反胃，呕了一把，她慌忙用手堵嘴。耳朵下的皮肤和手臂外侧，激起一片鸡皮疙瘩。桥北说，你没事吧？

桥南说，食物中毒喽！说完自己哈哈大笑。芥子也笑了笑，说，吞了一个甲锥螺了。桥北拍了拍芥子的背，说，好，算我们补钙。

大家喝了酒，随便一句话都滥笑。谢高喝了很多酒，但很少笑。

晚上芥子又是失眠。她以为桥北睡着了，便爬起来吃药。以前桥北总是一沾枕头就睡的。可是，今天芥子刚吞下药的时候，桥北背对着她说，我给你按摩一下，好吗？

芥子有点反应不及，说不出话来。桥北从来没有躺下这么久没有入睡的。所以，芥子说，你怎么没睡呀？

你怎么又服药呢？桥北说，你不是说是偶尔一两次吗？或者喝浓茶、做爱太兴奋。昨天我们没有做爱，可是你也服了，我并没睡着；今天也是，你怎么又服呢？你这样会上瘾的。

我不知道。越急越睡不着，所以我就……

我走的这八天，你是不是天天失眠？我看到你的药瓶了，一下少了那么多。

芥子爬到床上。桥北伸出胳膊把她搂向自己：我告诉你，你不能这么脆弱。这事已经过去了，永远过去了。没有什么大不了的，大部分东西不是都在吗？

芥子点头，说，我没有想这事了。

那你刚才想什么？说真话。芥子看到桥北的眼睛闪烁着暧昧的意思，可是，她不需要。桥北开始抱紧她，芥子把他胸口推开，说，我头发晕。桥北伸出手，手掌盖在她脸上，大拇指和无名指分别按摩她的太阳穴。我跟你说啊，芥子，人家说破财消灾，还有塞翁失马，焉知非福，知道吗。我知道你不是小心眼的人，不是爱钱如命的人，你只是惊吓过度，对吗？现在我回来了，天天在你身边，你看，你伸手一摸，我就在你旁边，热乎乎的。你还担心什么呢？

如果，芥子在他手掌下面说，如果他们两个不是那种关系，你说，他们会怎么样？

谁？他们啊，反正钱是少不了的。怎么分赃是他们内部的事。

我不是说这个。

为什么要找难受呢?你这个傻瓜。现在不是一切都挺好?睡吧,要我抱着吗?如果再不睡,明天我开车会危险的。

八

开退赃大会的时候,桥北正好又出差了。骑着警用摩托的谢高在公安分局门口看到芥子,说,噢,退赃会。钟桥北呢?

芥子说,他出差了。谢高说,细软很多吧?上来。我送你的宝贝回家。

到宿舍楼,芥子邀请谢高上楼到她家去。谢高有点意外,几乎有点不好意思。他有点口吃起来,我,还有事,要不,我陪你上去一下。

新保姆到位了,可是还不是太利索,洗个水果又把盘子给打了。芥子赶紧去帮忙，她怕慢了，谢高要走。谢高在她家走动着，四处观看，似乎非常欣赏。然后谢高就坐在沙发上，就是那天晚上芥子和小白兔并肩坐的位置。

挺漂亮的，你家。谢高说。

芥子说，陶峰那人很有趣啊。你们两个很合得来呀。

我们当年住在一个宿舍。他很讨女孩子喜欢，也很能干。

我还不知道你是调过来的，我还以为你和陶峰他们一样，是分配过来的。调过来不容易吧？

在那混不下去了，死活得调过来。再不容易卖人卖血也得调。

现在你坐的位置，就是那天晚上我坐的位置，那里的窟窿就是被刀扎的。桥北在那，他被绑着和椅子连在一起，不能动，站不起来了。后来，一个歹徒坐在我身边。

谢高眼睛一眨不眨地盯着芥子,芥子突然明白,谢高什么都知道,于是她停了下来。谢高开始吃杨桃,他小心地用小叉子,一片片叉起来送进嘴里。芥子看着谢高。谢高说,你来一片?很甜。

芥子说,要是那两个人不是姐夫和小舅子,你说会发生什么?

你比我清楚。谢高说。

我不要这个结果。我们真的什么也不能改变吗?

谢高叹了一口气。你是我见过最固执的女人了。想听警察的忠告吗?警察从来不鼓励受害人盲干硬顶,尤其是力量悬殊的时候。生命是无价的,最值得珍惜的只有它。美国警察告诉市民,身上最好放一点小钱,是的,就是花钱消灾用的。你可以尽量记住犯罪人的特征,随后报警,为警察提供最好的线索。要知道,你是老百姓,首先要爱护自己。

那见义勇为怎么办？报纸上还不是总是报道那些不畏强暴、勇敢的人。

那是报纸。不过，我从心底也敬重那些不畏强暴、见义勇为的人。可我是警察，警察要保护老百姓，所以，我们首先希望老百姓都能平安。

求你查个问题，好吗？

谢高说，只要我能办到。你说吧。

出事那天晚上，我因为用药，醒来之前发生什么事，我都不清楚。我很想知道前面的事。我想，你帮我了解一下好吗？

钟桥北不是醒着吗？

芥子点头。可是，我还想知道他们两个是怎么说的。有的事桥北也不知道。我想看他们的口供笔录。

看笔录，这不可能。你查问这有什么意义呢？你听不懂我的话，唉，我有点明白你是怎么回事了。但我真的不希望你这样固执。

你帮不帮我？你不帮我我就直接去找陶峰。

谢高不说话，看着芥子。你真的很傻。谢高站了起来。

芥子一把拉住谢高的手：帮我！好吗？悄悄的。

九

连续一周，芥子有空就给谢高打电话。谢高总说忙。芥子说，那你就在电话里告诉我，他们两个说了什么？

开始谢高说，他还没看笔录，后来说找不到陶峰他们，后来又说电话上不好说，其实情况就那样，和你知道的差不多。芥子就拿着电话不说话。谢高停了一下，说，你生气了？芥子还是不说话。谢高说，下午我来你店里吧。芥子说，我下午不去店里，到我家好不好？芥子是不愿意店员们听到什么，到店外说话，又怕大街上闲言碎语。

谢高犹豫了一下,说,我四点来吧。有变我打电话。

谢高很准时。才坐下,芥子就说,他们两个怎么说,是不是一致的?

差不多。大约凌晨三点半左右,保姆把门打开,然后,他们进了保姆房间,捆绑、堵毛巾,把床翻乱,椅子放倒,制造完现场,然后戴上面具。

谢高述说的时候,芥子慢慢把大拇指甲竖在唇边,她的眼睛睁得很大,她在咬指甲。

他们来到客厅,小舅子拔电话线的时候,碰倒了那盆龟叶菊盆上放的电蚊拍,之后,走到前面的姐夫把这个放杂志报纸的杂物夹给踢倒了。这时,卧室通道有光射出来,卧室开门了,随后,桥北走出来查看。桥北个子很大,小舅子想跑回保姆房拿忘在那里的刀。

他是瘸子。

对。关于这一节,两人供述不一致。姐夫说小舅子吓了一下,想逃跑,小舅子说是想去找刀。接下来供述又是一致的,姐夫一见桥北就马上扑上去了。桥北闪身说,别这样!我配合!想要什么你们就拿吧。这工夫,小舅子从后腰踹了桥北一脚,桥北身子一歪,他们两个趁势扑了上去,压住了桥北并捆绑。桥北很生气,桥北说,兄弟,你紧张什么?我不是让你拿吗?我也知道,你们不是有困难,不会来找我。大家都不容易,喜欢什么就拿吧。拿了就走。

捆好桥北,小舅子就赶紧去保姆房拿刀。姐夫接过刀,要小舅子看着桥北。他收拢客厅找到的你们的包和外衣,然后,姐夫提着刀往卧室走去。桥北大喊一声,钱都在包里!小舅子揍了桥北一巴掌。

谢高突然伸手打掉了芥子放在嘴里使劲噬啃的手。芥子愣了愣,说,后来呢?

后来你醒了。发现两只大动物在你家。

那灯什么时候开的？我醒来时，客厅灯是亮着的。

我忘了注意了。亮着就亮着吧。也许他们控制了钟桥北胆子就大了。

他们两个真的都是那么说的？

口供基本相吻合。应该就是事实了。

那桥北是怎么跟你们说的呢？关于这一段。

基本差不多，区别在钟桥北说他一眼就看见了他们有刀，他感到极大的威胁。

我是说，桥北他有反抗吗？比如打他们、踢他们？

谢高又开始看芥子，他停下不说了。芥子说，我想听下去呀。

谢高说，我记不住了。钟桥北跟你是怎么说的呢？你说说，我也许能回忆起来。

我忘了。芥子说。你下次再帮我查看一下吧。

谢高轻轻地笑起来。你是傻瓜，这样做，你会后悔的。

芥子不说话。芥子后来说，你走吧。

谢高走后，芥子一个人坐在沙发上发了很久的呆，新保姆从厨房跑过来，迟疑地为她开了灯，又问要不要开电视。其实遥控器就在芥子手上把玩。芥子说，给我一杯冰橙汁吧。保姆说好，转身进厨房没十秒钟，只听当啷一声，她又把什么给打破了。新保姆上任一周，已经打破包括汤匙在内的六七样器皿了。芥子懒得进去，连问也不愿意。过了一会儿，新保姆脸涨得红红地出来，双手递过一杯冰橙汁，说，对不起，杯子滑掉了。芥子摇摇头，说，没事。

小白兔押着芥子去卧室开床头柜抽屉取东西出来，桥北说，喝点什么吧，冰箱有啤酒和橙汁，你们要吗？

歹徒没有搭理桥北。

大灰狼一瘸一瘸气急败坏地进来，说密码是错的！小白兔就把刀子一刀扎进真皮沙发上。他站在桥北和芥子之间：谁告诉我正确的？我只问这一次！

桥北说，让她再想想！你们吓着她了。芥子！再想想！别紧张，钱赚了就是大家花的，对不对？你们二位喝点什么吧？让她想一想。

芥子竟然又报出了错误密码。当大灰狼第二次气急败坏一歪一歪地冲进来时，还没说话，小白兔就一把将扎在沙发上的刀，拔了出来。

告诉他们！桥北低声喊，芥子！别孩子气！求求你了！

十

桥北经常冲着新保姆发脾气。那个有刀伤的棕色大沙发，他要求保姆去找一个好师傅，尽量不露痕迹地缝合好，可是，保姆找来的师傅，开价又贵脾气又大，还竟然把一块浅棕色的皮垫补了下去。看那沙发就像画上了一个嘴巴，比以前的伤口还醒目。桥北回家，站在沙发面前，瞠目结舌了好一会儿，猛然挥手，大吼一声：给我拆了！再不行，把沙发换了！新保姆当场要哭出来。

当他发现芥子屡屡失眠，而且再也找不到制作爱结的红缎绳时，他就经常一个人看电视到深夜，或者很迟回家。终于有一次，他问芥子，我们的红绳子呢？

芥子说，不知道。看到桥北有点锋利的目光，芥子说，也许保姆收到哪去了，或者会不会洗了被风吹走了？要不我们再买一条吧？

桥北不说话，但他再也不提红绳子的事了。

有一天，芥子独自在家看片子《纽约大劫案》，桥北回来，看了一眼，就走开了；后来有一次在音像制品店，两人发生小小争议，因为，芥子很想买《石破天惊》《生死时速》。桥北说，你别那么孩子气，美国拼命树立孤胆英雄只是为了票房价值。就骗你这样傻瓜的钱。你以为是真的？

又有一天，他们在家正吃晚饭，桥南带着儿子来了。然后报告社会新闻。桥南说，前天晚上在小伊甸园那个景区，一个大学生，遇到两个抢钱的坏人，就和他们打起来了，那个男学生被砍了十几刀，血淋淋的到一个公用电话报警，结果，警察在轮渡口把两个歹徒都抓住了。早上在出租车上听广播说，连医务人员都很感动。很多市民带着花篮、水果篮去看望那大学生，嗨，我想主要是老阿婆老阿公啦，谁那么有空。

他个子很大吗？芥子脱口而出。桥南说，我怎么知道？要不你也去看看那个勇士？哎，钟老哥，那天你要是反抗了，会不会也被砍十几刀啊，我的天哪，那我们家也出英雄啦！

桥北笑了笑，说，我已经被砍死了！我的傻老妹，你还想当英雄的妹妹啊。就你这样疯疯癫癫的，我真担心你儿子被你带傻了。小鱼头，跟舅舅过吧，舅舅带你坐飞机去，来，我们现在就去！

桥北把孩子抱到阳台上去了。桥南追了过去,声音又响又亮:想儿子自己生去!又不是生不动;生不动,小鱼头就送给舅舅舅妈好啦!

桥北的公司在岛外,那天晚上,桥北来电话,说有一单出口业务要谈,不回来了。芥子洗了澡早早睡下,胡乱看着电视,不知怎么就睡过去了。迷糊中,感到脖子发痒,翻了个身,痒的范围更大了。是有人在轻轻地抚摸她。

芥子睁开眼睛。是桥北躺在身边。对不起,桥北轻声说,我不想弄醒你的,可是,看你睡熟的可爱样子,无忧无虑的,忍不住想亲亲你,我马上就睡……

芥子把手伸给了桥北,抱住了桥北的脖子。你不是说不回来吗?

是的,桥北的脸在芥子的颈窝里,他像在呜咽一样地说,我改变主意了。芥子的敏感部位,桥北很清楚,但是,现在好像它们转移到桥北不知道的地方了。芥子不安了，小声说，对不起。桥北说，没关系。放松，你放松，慢慢放松，我等你。

芥子还是不行。越急越不行，她无法集中感觉。对不起。芥子说。桥北把她的嘴吻住了，一直摇头，示意她闭上眼睛。

现在行了，芥子说，你上来好吗？

芥子从卧室的卫生间出来，桥北把她搂在怀里：弄疼你了是吧？

没有。怎么会呢？

你骗不了我。你在假装。

不是这样。

就是这样。

第二天一早，桥北就走了。芥子醒来的时候，只看到他喝剩的奶杯，他最喜欢吃的大理石蛋糕，一点都没动。新保姆去买菜了。这是他们最后一次做爱。阳光洒在了芥子的床尾，芥子忽然想起那天晚上看到的淡绿色的月亮。

十一

桥北似乎开始千方百计地出差,把别人的活都揽过来做了。他南征北战地到处飞,接单、谈判、巩固客户关系,每一次都带小礼物给芥子,他们说话和以前一样的和气温馨,但是,他们和过去的生活有点不一样了。

谢高似乎也尽量回避芥子,芥子经常看不到他,有时他经过店里,也是例行公事地转转,就走了。芥子到底忍不住,那天,叫住了正在离开店内的谢高。

你欠我的事呢。

谢高不说话。芥子看他胸部深深地起伏了一下,知道他在叹气。晚上我请你喝咖啡,好吗?芥子说。谢高说,怎么说你才明白呢,你在糟蹋自己的生活啊!

你去不去?

几点？最好别在我们辖区。

在山楂树咖啡馆的水幕玻璃墙下面，他们坐在带绳索的摇椅上。面对面。芥子不喝咖啡，要了芦荟牛奶，换穿便衣的谢高不喝咖啡也不喝茶，只要了钴蓝色的蓝珊瑚，又要了红粉佳人冰淇淋。

谢高说，老实告诉你，我不想做那事了。案件卷宗我实在不想再去看。讲个故事给你听吧。芥子神情黯然，说我知道，你不愿意帮我了。你现在老回避我。

我回避你干嘛呀，这不是小事一桩吗？这我就要回避，我当什么警察啊，比这麻烦讨厌的事多着呢，我回避得了吗。喂，听不听故事？

芥子看着谢高，谢高不等她表态，就说了。从前啊，沙漠上有一只聪明的猴子，它过着无忧无虑的快乐生活。可是有一天，它在一块大石头下面，突然看到一条毒蛇，猴子当场就吓晕过去了。它知道那块石头下面有条蛇后，每一次经过那里，都忍不住想翻开石头看看，可是，每次翻开石头，它都看见了那条毒蛇，结果，每次他都会被吓晕过去。即使这样，每次路过，它还是想看石头下面的东西……

你在说我。芥子说，我像个傻猴子，是吗？

原来的生活不是挺好吗？石头下面有什么和你有什么关系呢？不该探究的，就要学会放过去。你这个样子很折磨人。折磨男人，也折磨警察。

怎么会呢？我怎么会折磨……还，折磨到你？

对。你不了解我。你的确在折磨我。听我一句话，不要再看石头下面的东西了，好吗？那并不影响你的生活。

你不了解我的感受。那天晚上我多次想哭，不是因为害怕。你知道我的意思吗？我知道你懂很多东西，我看得懂你不说话的眼神，可是，你不明白我的感受。你真的不明白。因为你是男人。

我肯定明白。就是因为我是男人，我是警察，所以我太明白你的感受。可是，那没有意义呀。你真的就绕不过那块石头吗？

我不知道……女人总希望男人是勇敢的，他有勇气、有能力保护自己的家，保护自己心爱的一切。桥南都说了，那天晚上她在，她会一棍子劈死他们的。

谢高笑起来。桥南是个二百五，是个大三八，难道你不知道吗？谢高说完又笑，态度很轻蔑。芥子不再说话。谢高说，你有没有想过，那天晚上，如果桥北动手了，可能惹来杀身之祸，结果仍然是，他保护不了包括你在内的任何东西。这样的结果你愿意看到吗？

芥子摇头。不愿意，我爱他。芥子说，可是，我真的很想看到他不是那样……芥子想说窝囊，但不肯说出口，她说，我心目中的人和那天晚上的突然不一样了，就是不一样了，再也不一样了，我回不去了，我也不愿意这样，可是我回不去了……

泪水忽然就溢出了芥子的眼眶。谢高把头转向窗外的行人。

十二

怀孕太让芥子意外了。医生说去做孕检，芥子脱口而出：不可能！我没有……填化验单的医生很不友好地瞪了她一眼，想想，抬起头，又瞪了她一眼。小便化验是明白无误了。拿着报告单，芥子懵里懵懂地站在妇科门口，她在想肯定就是那次不愉快的做爱了，也就是他们最后一次的做爱。每次做爱都有安全保障的，但有时会出点技术偏差。

她本来就和桥北说好，过两年再要孩子，而现在纷乱心绪中，她更是一点思想准备都没有，胎儿来得太匆忙，不请自到，好像是赶来弥合什么缝隙的，也许就像赶来补那个受伤豁口的沙发。这么想着，芥子更加难以适应。她给桥北打电话，桥北在上海，马上要飞去日

梦里花落 / 2012年 / 145cm×93cm

异度 I / 2015年 / 97cm×70cm

本，可是，拨到最后一个号，她又放下了电话。

芥子突然想起来，一个月左右她因为感冒咳嗽，吃了一些药，还拍过X光胸透片。她打电话给桥南。桥南一听，就说，打掉！万一生个有毛病的，你们这辈子就完蛋啦。马上打掉！我给你联系好医生。

芥子说，你哥要是不同意怎么办？

不可能！拍过X光的胎儿，要长恶性肿瘤的！他怎么会那么傻。我哥聪明人哪！再说，你要等他半个月从日本回来决定，就太大了。不行不行！我决定了。听我的，我这就联系一个非常好的医生。是我同学的妈妈。

桥南办事快刀斩乱麻，第二天就把芥子弄到妇产专科医院。等桥北回来，已经过去半个月了。桥北又带了礼物，每个人都有份，包括小鱼头的。桥北一直对小鱼头非常疼爱。看到桥北像没长大的男孩一样在反复端详小鱼头的礼物，芥子怎么也开不了口，她不敢说。第一天过去了，第二天晚饭后，他们一起到桥南家去送礼物。在路上，芥子开始担心桥南那个快嘴，肯定要告诉桥北，她想可能还是她自己先说比较好，可是，桥北在车上，一边开车，一边一直在接一个什么电话，听上去事情有点棘手，他在训什么人，有时声音很大。

芥子想在车上给桥南打电话，但马上觉得不可能了，桥北就在旁边。她一心指望能一到桥南家，就能悄悄拉过桥南请她干脆不要提那事。没想到，一进去，桥南就奔过来咋咋呼呼地喊，哈，老哥你要感谢我，你看芥子这小月子坐得多好，这气色多水灵。我们小鱼头还亲自去给舅妈送过一只土鸡呢，儿子哎，快来看！舅舅给你带日本礼物来啦！

桥北瞪着眼睛看芥子，又看桥南。芥子说，那个，不行……

桥北根本没听明白，连芥子自己也不明白自己说了什么，但是，桥北点了点头，就脱鞋进去了。他和小鱼头一起拆礼物包装纸，然后，对着礼物，和小鱼头一起振臂发出"耶——耶——"的欢呼声，什么异常也看不出来。桥南说，我哥越来越不行啦，老啦，慈祥啦，想要小孩啦。桥北还是笑眯眯地和鱼头一起组装玩具。

桥南过去踢了桥北屁股一脚，哥！要是这次不流掉，你想要男的还是女的？

芥子紧张得不敢呼吸。可是，桥北笑嘻嘻地说，当然是儿子，不过女儿也不错。我会有一个漂亮的女儿的，芥子会把她打扮的像小天使，对吗？桥北回头看芥子。芥子连连点头。

回去的路上，桥北一句话也没有说。他一直专注地开车，好像车上只有他一个人。芥子感到了巨大的压力，可是，她不知道压力从哪里来，桥北的反应，让她完全不适应，甚至她有点侥幸地推想，桥北也许也根本没有要孩子的思想准备，这事可能就这样过去了。

到家后，芥子洗了就到床上去了，桥北在客厅看大电视，好像在频繁换台；芥子在卧室看小电视，本来想选个DVD好片子看，又觉得心里毛躁，就没看；桥北一直没进来，也不洗澡，他接了两个电话，大约在十二点的时候，把电视关了，芥子以为他接下来会进卧室，或者去冲澡。可是，电视声音一停，客厅非常安静。

芥子起床，轻轻走到门口，走到通道口。桥北头枕着两臂，仰面躺在沙发上，眼睛在看天花板。芥子走到他身边，桥北没动，芥子蹲在他身边，开始用手摸桥北的脸，头发。桥北闭上眼睛说，你把孩子流产了？

因为不知道怀孕，上次感冒吃了药，还拍了胸透……

芥子看着桥北，有点结结巴巴：他们说这样的孩子不好……，会畸形……长肿瘤，我就……

为什么不告诉我？

怕你……生气……

孩子多大？

四十多天吧。

桥北坐了起来。可你的胸透是两个月前做的。我陪你去的，我记得时间，因为正好接了一个出口大单。

芥子也觉得也好像真是两个月前做的。她困惑慌张地看着桥北。

你是故意的，你不想要我的孩子。桥北站起来，走到窗前。芥子跟了过去，她站在桥北的后面。芥子说，我不是故意的，我知道这不好，但我不知道这么严重，我只是……

桥北猛然转过身，眼睛喷火：你！你杀我的儿子！

不是这样，我真的不是……

芥子第一次看桥北眼眶里闪出泪光，她自己霎时也不住泪水直淌。

桥北一下就恢复了正常。桥北把手搭在芥子的肩头，他不是我的孩子，对吗？

十三

桥北连续八天都没有回来睡觉。他说公司事情太多，因为准备到大连参加一个投洽会。桥北岛外公司是有宿舍，但都是单身公寓，要是午睡，桥北都是睡在自己办公室沙发上。芥子到衣服柜里看了看，也看不出桥北有没有拿走衣服，平时这些都是保姆打理的。

但桥北几乎每天都会打个电话来，简单说了一两句。芥子觉得很奇怪，原来桥北也会在电话里简单说一两句什么，听起来特别体贴，现在好像话也差不多，可是，再也没有原来那种感觉。究竟是谁的问题呢。

这期间，芥子碰到谢高两次。一次是谢高到店里视察，芥子跟他笑笑。谢高说，老板，你可真憔悴啦。谢高就走了。芥子天天在镜子里看自己，因为店里到处都是镜子，所以，她倒不觉得自己脸色异常。谢高走后，她悄悄叫过阿标。阿标，芥子坐在一张空椅子上，看着镜子：我最近很瘦吗？

芥子声音很小，阿标声音却很大，阿标说，不是瘦。是气色很不佳。你熬夜太多啦。两个正在焗头发、耳朵又尖的熟客就吃吃笑起来。阿标说，我请你去吃药膳吧，我请客，你买单。我保证挑一份最合适你的。

第二次碰到谢高是在街头大药房门口，人家不卖那么多的安定给芥子。一次只能给四片。芥子讲了一大堆谎言，无人采信。谢高正好就从马路对面过来。他看到了芥子。芥子如见救星。谢高一说，大药房主任就给了芥子一瓶。

桥北离家第九天的早上，芥子手机的短信息响了。她没看，磨磨蹭蹭起来洗漱吃饭，后来就忘了。她也没在店里待多久，照例打的到几个大商场闲逛。桥北这八天不在家，她至少买了四千元左右的衣服和皮鞋。也不知道为什么，就是要买，买。已经有两件，还没到家就送给店里的小妹了。

大约是傍晚的时候,她提着三袋购衣袋坐在巴黎春天的咖啡座上。这种设置在商场里夹层的咖啡房,大约专为购物狂休息小憩而设的。电话又响了。是谢高。谢高说,生日快乐。

芥子大吃一惊。谢高怎么知道,而桥北怎么忘了打电话,这两个问题交织在一起,使她脑子混乱,一下子什么也说不出来。最近是有点恍惚,她也忘了自己的生日。

芥子说,我想见你。你来找我好不好?我不给你添麻烦。

谢高说,你在哪呢,我来接你。我开着朋友的车呢。

谢高在巴黎春天的咖啡座上找到芥子时,一边走近一边就看见正看着他的芥子,脸上的泪水成串地跌落下来。谢高快到她面前时,芥子用双手掩住了脸。她非常安静,肩头也不抽动,谢高只看到泪水不断地顺着芥子的手往下流，流到咖啡桌上。

谢高说，到我车里去吧。谢高提起她脚边的购物袋。芥子就掩着脸，低头跟着走了。

早上就给你发了短信，祝你生日快乐。

芥子掏出手机，这才打开短信。芥子说，你怎么知道我生日？

不是让你们填过平安共建表吗？去哪里？

我不想回家。还去茉莉苑吧，不，去茉莉湖划船，我不想吃东西。

不，我要先吃饭，我饿了。在茉莉苑吃了饭，再去划船，万一碰到歹徒，我有点力气总好。芥子通过后视镜，看谢高不像是刺激她，可是，心里还是有点难受，想多了，又有点想哭。谢高非常敏感，他冲着后视镜说，你哭起来真难看。别再哭了。

谢高，你停一下好吗？

谢高瞪着后视镜，又干脆转过头来，看到芥子神色确实异常，就把车靠路边，停下。他转身看着后排座上的芥子。芥子说，抱我一下，好不好？我想有人抱抱我。谢高似乎想从车子中间跨过去，考虑个子太大，他跳下汽车，拉开了后车门。

谢高踏上车，芥子往旁边让了点，谢高抱住了芥子。芥子嘴一撇，终于爆发了。她把脸藏在谢高的怀里，非常失态地号啕大哭。谢高说，小声点好吗？让你哭够了再走。芥子哭得很痛快，把眼泪、清鼻涕擦在谢高胸口一大片。爆发了一分钟，哭声渐渐小了下来，变成一串串轻轻的、呼吸不畅的抽噎。她呜咽着说，桥北……呜……可是……我还是……爱他的啊……

谢高眼神里是我知道的表情，可是他沉默着。

你知道选调生吗？谢高看着车窗外的行人，就是政府组织部门到大学考核后挑选出来的、认为品学兼优、具有绝对培养价值的大学生，可以说是凤毛麟角、前程锦绣。我有一个同学，大学毕业时就是作为选调生分配在省公安厅，后来安排他先在一个基层单位锻炼。很多同学非常羡慕，他自己也很珍惜机遇，非常努力。没有多久，责任区群众对他好评很多。在一起追捕网上通缉犯中，他受伤了。手术的时候，辖区很多老百姓自发去看望他。送水果，送土鸡，熬营养粥，因为秩序不良，老百姓和护士还差点吵架。当年度，这个选调生就被评为区人民满意好警察，并记三等功一次。给一个新警察这样的荣誉是很少见的。他真是太走运了。

可是，现在，你想知道这个人怎样了？他早就放弃了锦绣仕途，甚至不愿再做警察。

十四

芥子停止了抽泣。谢高拧开一瓶矿泉水，递给了芥子。芥子喝了一小口，将水倒在纸巾上，开始洗脸。谢高默默抽着烟，散漫地看着窗外。

芥子说，后来呢？他为什么要放弃这么好的开始呢？

谢高喝了几口水，似乎有些倦怠。芥子说，你把故事说完，好吗？芥子不想马上出现在餐厅，她不希望有人发现她哭泣过。谢高说，第二年的春末，那个选调生利用一个出差的机会，回老家去看望父母。当时，回程上火车的时候，他穿的是警服。本来非工作场所，大家都不会穿的，可是，那次没带换洗衣服，又嫌家里过去的衣服不好看，就又穿上出差用的警服。后来，他非常后悔。他说，如果那天我不是穿警服，情况肯定就不是那样了。就是说，如果他不是穿着警服，那么他现在还在省厅，肯定早就提拔了。因为起点本来就确实和普通警察不一样。

这个同学穿着警服上了火车。他是中铺。下铺是个好像生病的女人，由上铺的一个大学生模样的女孩在一路照顾她。他对面下铺和中铺，是一对退休的老夫妇，再上铺可能是个生意人。列车的终点站就是省城，晚上十二时到站。大约是晚上十一点左右，我同学坐在靠过道的窗前的翻板椅上。忽然车厢就骚乱起来，那个同学站了起来，马上就有两个男人挥着刀，直冲他而来，一左一右站在他身边。同学看见车厢一前一后门都站着拿马刀的男人，还有三个人挥舞着枪，不知道是真是假的枪。有个女人尖叫了一声，但马上就被什么掐掉似地虎头蛇尾，突然就没了。

有个男声撕裂喉咙似地吼喊，都别动！谁动就打谁！

车厢里顿时鸦雀无声。站在那个同学左右的男人说，小警察，听好了！你不管，大家都好，你敢动，现在就试试！

两把刀都顶在他的腰上。回去后，他看见两侧都刺破了，有点血，但他说当时并不觉得痛。可他不知道他为什么就那么快就做出了决定。他说，好，我不动。但是这对母女,还有这对老夫妇都是我们领导的人,我必须完整带他们下车。

两个男人眼珠子交换了一下,一起点头说,行。你坐铺位里边去!

那个同学遵从了。车厢里的人,很多人都在看他,整个车厢安静极了。开始的巨大安静是迫于恐惧和震慑,后来的安静,这个同学明白,是因为期待和困惑。很多人被逼出钱后,还频频往他这边看,是的,他们和警察同车,他们有理由感到安全;在受到侵害的时候,他们有理由无法理解。他们不断看我们的同学这边,他们摘下首饰、交出钱包之际,都在往这边看。因为他们以为奇迹总会发生的,就像电影上演的那样。

可是我的同学,一动都没动。车厢像死亡一样安静,脸色惨白的人们就像在哑剧中。他听到咣当咣当的巨大的火车声几乎碾压了一切。但他自己心脏,却在耳膜上像击鼓一样地猛烈跳动。歹徒守信了,他们略过了他的上铺下铺，略过了对面的老夫妇，可是，他们照样洗劫了他对面上铺的那个像做生意的中年男子。中年男子的一个不起眼的黑塑料袋中，被歹徒搜出了可能有两万块钱。

那个同学很意外他有那么多钱，但他也没有动。

七八名歹徒动作很快，他们洗劫了除协定保护之外的所有乘客。只有一个有点酒意的乘客，因为配合动作慢，小臂上被划了一刀。

歹徒们在省城站的前一个小站下车，然后迅速消失在夜色中。同学一直站在窗前，他看着恶徒们的背影远去消失。随后，他身后就像发生了大爆炸，哭声、叫骂声、歇斯底里的尖叫声爆起。那个同学始终面对着车外，突然，有人用劲把他推倒了，他不知道是谁，回过头，看见中年男子，也就是那个像生意人的男人，把一瓶喝了一半的啤酒瓶，猛地摔砸在那个同学头上。血从头上流下来，没有人说什么，只有那个生病的女人有气无力地说，别打他，他只是一个人呀。

他听到非常多的声音：警察！这种见死不救的警察养着干嘛！打死他！还有人喊出了警匪一家！说不定就是他勾结的！很多人在喊，有几个妇女把甘蔗段和鸡蛋摔在他身上。很多人围了过来。他们非常冲动，这种情况下，你不可能指望他们冷静。很多人扑了过来。愤怒像火山爆发，人们把财产损失、把所有的愤怒全部转泄到那个同学头上。那个同学事后说，好在空间小，要不打死我我觉得很正常。他们实在还没怎么解恨呢。

我的同学无话可说。他的肋骨被打断了两根，多处软组织挫伤，轻度脑震荡。他咳了很长时间的血。最后是他对面的两个老人哭着跪下来求大家住手，老人说，他们真的都不是我的熟人。

下车的时候，全身的伤痛使那个同学几乎拿不了自己的行李，没有任何人帮助他。应该的，对吗，因为他在他们最需要警察帮助的时候，警察却在袖手旁观。他是在人人侧目之下艰难地离开了车站。这一夜，那个同学真是一夜扬名。很多人记住了他的警号，投书报社、投书公安督察，他住院也瞒不了任何人。第三天至少有两家报纸，没有采访他就将此事报道出来。他臭名远扬。他们找到了这个社会正不压邪的原因。

芥子完全被故事吸引了。谢高停下来，默然地看着芥子。芥子等了一会儿，推了他一把，后来呢？

谢高说，你说，如果他们真来采访了我……那个同学，他又能说什么呢？你连你丈夫都不理解，普通群众为什么要理解一个警察呢？对吗？芥子，你也认为他活该，你也一定认为他当时就应该冲上去，和他们拼个鱼死网破。对吗？

芥子摇头。缓缓摇头。你是这样想的。谢高扳正芥子的脸，我知道，你宁愿看到烈士，也不愿意看到你的英雄梦破灭。是啊，你们有理由这样。

会不会……如果你同学动手了，会……带动其他乘客一起抵抗……

有可能，但是，老百姓的损失可能会更大，流血、甚至严重伤亡。你说，作为势单力薄的警察，两害取其轻，是不是更正确的抉择？

后来呢？

后来那个同学快崩溃了。单位虽然没有处分他，但是领导们只愿意在非正式的、甚至私人场合口头肯定了他，认为他尽了最大的、也是最理智的努力。此外，局里、厅里的领导，也无法招架媒体的攻势，警方非常被动。唯一令他安慰一些的是，同车的两位老人还有那个大学女生，他们终于主动来做了证明。

他现在在哪里，真的不当警察了？

不知道。但我知道他过得很不好。因为还有更多的、像你这样的人，永远永远都不会原谅他。他的压力太大了，经常彻夜失眠。在那个特定的场合，他知道他对不起很多人，所以，他很想忘了那些事。可是，每天都会有人提醒他，煎熬着他。他想忘也忘不了了。他不愿看到石头底下的东西，可是别人会翻给他看。他只能远离沙漠，逃离那块石头。

那他现在好过了些吗？

我不知道。但我现在想，即使他不当警察了，肯定也过不好，比如，他做了你丈夫。

他真的问心无愧吗？芥子小心翼翼地说。

你说呢？要是你，你问心有愧吗？

十五

芥子站在茉莉苑门口，谢高在拐角钟楼的芒果树下泊车。芥子的电话响了。一看电话是桥北的，芥子有点轻微的紧张。拿着电话，她手指迟疑着按下通话键。她不敢肯定桥北会不会说生日的事，也有点害怕他问她在哪里。所以，接电话的时候，她一直感到口干。桥北说，你在哪？紧接着他说，我回来了，在盲人按摩中心门口。你来放松一下好吗？我来接你。

芥子在干巴巴地吞咽不存在的口水。停好车的谢高正在走近，芥子看着谢高，说，我在……买衣服，吃过了……我过来吧，我打的来……

谢高看定芥子的脸色。在茉莉苑三角梅爬满的门廊外，在那半明半暗的光线中，谢高似乎古怪地笑了一下。转身又走向汽车。芥子跟了过去，芥子在他身后小声说，桥北回来了，你送我到盲人按摩中心好吗？

谢高发动汽车，然后打开了汽车音响。汽车主人听的是《天鹅湖》。两人不再说话。行驶了好一会儿，谢高把音量调低，说，他是回来陪你过生日的。

芥子不说话，她不愿意说，桥北已经忘了今天是她生日了。他是叫她过去按摩的。他们有年卡，平时两人不定期会过去。看芥子不说话，谢高又把音量调高。再也没有人说话。快到路口的时候，谢高说，要不要送到

对望的记忆——撄宁 / 2013年 / 170cm×112cm

忘——云端 / 2017年 / 138cm×56cm

中心大门口？不方便你就现在下吧。芥子说，方便。我买衣服啊，半路碰到你了。

老远就看到桥北和一个朋友站在按摩中心门口，没有看到他的车，可能在地下停车场。谢高下车的时候说，生日要快乐啊，别做小猴子。

桥北迎上来接过芥子手上的购物袋。他邀请谢高一起上去按摩。谢高说，还有活要做。欠我一次吧。

三个人被领到有六张床的按摩房。桥北点的号，都是中心几个最好的盲人按摩师，每次，他给芥子点的都是93号。93号被人一牵进来，桥北就说，失眠，她最近失眠很厉害。

93号笑了，说，两位好久没来了。你颈椎好点吗？他开始像按一只足球一样，在按芥子的脑袋。

芥子敷衍地说，好点了，手指没怎么发麻了。等会儿请你再帮我牵引一下。

93号经络摸得特别准，可是下手也特别狠，经常把芥子按得哀叫。93号从来不为所动，我不能让你花冤枉钱。93号说，看你这经络都紧结成球了，不想松开它你就别来这保健按摩啊！你花血汗钱，我挣血汗钱才心安。

能说会道心狠手辣的93号瞎子，经常逗得桥北吃吃笑。如果，芥子忍不住抬手阻扰按摩师的手，隔壁床的桥北就会伸手抓牢她的手。但是，今天桥北始终闭着眼睛，那个朋友也像睡过去一样，接受一个戴墨镜的老姑娘按摩。按摩房里非常安静，只有低低的背景音乐弥漫如淡雾。是卡朋特的《昨日重现》。

后脑风池穴，被93号按得令芥子疼出薄汗。芥子尽量忍着。这么多年来，桥北好像是第一次忘了芥子的生日。生活确实是发生很大改变了。芥子感到越来越复杂的失落感。这种情绪从桥北离家，就弥漫起来了。是开始害怕失去吗，是害怕不该失去的正在失去吗？今天，芥子又被谢高的故事，搅乱了脑子。如果谢高是正确的,桥北就是正确的,对吗?桥北的应急反应,是一个成熟的男人最正常的、最出色的反应,对吗?

桥北和朋友到地下停车场取车,芥子上一层就出了电梯,到左边的大门等候。桥北的汽车开了过来,靠近石阶边。他并没有像往常一样,为提着购物袋的芥子拉开车门。芥子慢吞吞地拉开车门,车门一开,车顶灯就亮了,就在她抬腿跨上去的时候,她左眼角似乎扫到了什么异常的东西,随着车门拉上,车内灯黑了,但空气中有清甜的气息。芥子迟疑了一下,疑惑着又扳开车门扣,借着骤亮的车顶灯,她扭头朝后排座看了一眼——

后排座上,整个后排座上,满满当当,全部是花!是百合花!至少有上百枝的百合花,怒放的、含苞的,绿叶掩映中葱茏蓬勃地一直铺到后车窗台上;雪白的、淡绿着花心的百合丛中,插着几枝鲜红欲滴的大瓣玫瑰。车顶上还顶着好多个粉色氢气球,飘垂着条漂亮的带卷的粉黄丝带,每一条丝带上都写着,生日快乐!我的朋友。

芥子在发愣。她慢慢抬手，捧住了自己的脸。这就是钟桥北，永远和别人不一样的钟桥北啊。

桥北倾过身替她把车门关上，随即打开车灯，同时发动了汽车。

你好吗，今天？桥北说，我没有忘记你的生日，可是，我忘了今天是几号。最近这一段，日子过得很恍惚。下午在健身馆，突然在墙上看清了今天是你的好日子。

芥子伸手摸了摸桥北的脸。芥子说，如果你不知道今天是几号，那么，你健身完会回家吗？

桥北扭过脸，看芥子。他没有回答。

芥子说，往左吧。

家在右边方向。但芥子说，芥子轻轻地说，去那个店。我们去过的那个手工店。我想再买两条中国结。

桥北迟疑了好一会儿，说，快十一点了，关门啦。芥子说，不，我知道店主的家就住那上面。我们去敲门。

芥子真的用力在敲人家没关死的卷帘门。戴着眼镜的店主，可能是用遥控器把门打开了。卷帘门才升卷起半人高，芥子就弯腰进去了。站在柜台后面的店主说，不是从下面看到你是女人，我可不开门。要什么吗？

芥子指那种最粗的红缎绳子。芥子说两米四，一米二一条。店主把绳子放在玻璃柜台边沿上刻好的尺度，边量边问，门都要打破了，干嘛呢。

桥北笑着，绑住——爱。懂吗？

十六

不是任何人在任何时候都能看到淡绿色的月亮的。那天晚上，桥北载着芥子开往回家途中，芥子躺在后排百合玫瑰的鲜花丛中，透过车窗灰绿色的贴纸，她看到了沿路的路灯，一盏盏都飘拉着青蓝色或者橙色的丝般的长光，把夜空装饰得像北极光世界，去了两盏又迎来了两盏，迤逦的光束不住横飘天际，这个时候，芥子又一次看到了淡绿色的月亮。

红绳子绕过芥子光滑美丽的脖子，慢慢地勾勒一对美丽青春的乳房，在那个雪白细腻的胸口上，红缎带正一环一环、一环一环地盘丝般，构造一个爱之结。

芥子的后背在微微出汗。因为她感到慌张。出汗，是因为害怕让桥北觉察到她的慌张。其实，桥北所有的手势动作和过去一样吧，可是，芥子感到自己的身体和过去，就是不太一样了。因为觉察到不一样，觉察到自己身体对红丝带反应迟钝，心里就更加慌乱了，而身体就更加木然。她被绝望地排斥在情境之外。猴子看到了沙漠石头下的蛇，就晕倒了；猴子不应该有这样的反应，这是错误的，猴子应该快乐地跳跃过去，奔向快乐的远方。身体看到红丝带，也不应该有错误的反应，红丝带是你熟悉的，它不是石头下面的东西，是激情的火苗啊，是燃烧的欲望，它是快乐的远方啊，是平时一步就能到达的仙境，不是吗，你怎么统统忘了呢？

芥子绝望地闭上眼睛。她的脑海中一片黄沙，荒凉无际。她的全身，都变成了干涸绝望的大沙漠。

桥北终于住手，闭上了眼睛。

所有的判决，都是人生剪影

我很害怕站在这，我也知道跟你们诉苦也没用，你们见惯了在这局促紧张发抖的人，早就没有了同情心。所以，我们直接讲故事吧。为了防止大家妄想，以为来了个故事大王，我还是要先承认，我不大会讲故事，就是不会讲故事，我才去写小说的。事实上，我在人稍微多一点的情况下，一讲话，半个脑子，就处于熄火状态。

我的记性也很糟，糟到类似于智力缺陷。为了完成一席的作业，我借助单位资料，去翻找过去的足迹。翻来看去，平心而论，是有点故事的，只是它们大多模糊干瘪在我的记忆深处了。今天呢，我就说两个风干得不那么厉害的故事吧。

厦门市区有条主干道,叫湖滨南路,双向六车道吧,原来路的两边都是茂盛的芒果树。事情就发生在一个芒果成熟的季节。具体哪一年,我忘了,单位资料也没有记,说明一下,这个故事,当时因无法见报,后来就直接送给公安局长去了。

我们回到故事。在多年前的那个早晨八点多,一个骑着自行车的瘦小送水工,驮着三大桶纯净水,出现在湖滨南路中山医院的十字路口的大转盘的——机动车道上。他姓孙,我们叫他小孙吧。小孙说,我知道骑自行车的人,应该从天桥横过马路,但是,水桶很重,推上天桥我太累了,还是从机动车道走比较省事。运着三桶水的小孙,就那样混迹在早高峰的汽车车流中,晃晃抖抖地横过马路。没想到,站在转盘中间的警察一眼看到了他,立刻打出禁止手势。我们叫这个警察大宁吧。但是,送水工小孙没停,他指指前面,表示自己马上就要通过了，没想到，警察跨上摩托车就追上来了。追了一百多米截住小孙，警察怒吼：为什么非要骑在机动车道上！为什么招呼你还不停？！小孙用脚踩在路沿上停车，但一时重心不稳，连车带水，都翻了。警察下了摩托车，严厉训斥，训诫中，进而发现自行车无牌无手续。根据管理规定：自行车违章，有牌的教育后放行，无牌无手续的，暂扣。这是警方打击盗车犯罪的一个环节。

一听要扣车，送水工小孙疯了。他死活不放开自行车。事情就在这个时候激变了。一个要坚决扣车，一个拼死夺回，警察和老百姓，居然在早高峰的路边，拉扯争夺了三四个回合，警察气急败坏：再抢算你妨害公务！小孙不管，他就是要拼命夺回自行车。半小时后，警察大宁使用了手铐。这个时候，警察发现，本来所有的围观群众，都在批评送水工不知好歹，不该把自行车骑到机动车道上来害人害己，后来一看手铐，大家一下就转变立场,开始批评指责警察了。110调度的后援警力和施救车到了,警方看上去人多势众,吃瓜群众就更恼火了。在胶着、混乱与焦躁中,小孙背部还挨了施救工一拳。围观群众群情激愤了。谁也没有想到,围观者中间,有一个记者。数日后,批评厦门交警执法动粗的稿子,在网络上瞬间获得极高的点评转发量。送水工小孙和警察大宁,他们的小小身影在中国互联网的舆论狂飙与巨浪中翻腾。厦门警方灰头土脸,警察大宁的前途危如累卵。这样全国性的舆论飓风下,有多少地方力量可以稳住重心、站稳脚跟?

是不是有人在下面猜测,那个记者是不是我?不是,当然不是。那是一个比我内心丰富的省级同行。我忘了当时,我们单位是怎么让我去采访这件事的。采访中,记得一名二级警督,在痛骂大宁:这家伙太"系嘎"(意为"死板不通融"),碰到公、检、法的车,从来都是照拦、照抄不误;据报载(2001年12月15

日），集美大学一女士曾投书报社，因为问路医院，执勤警察（查为大宁）发现是孩子生病，立刻开车相送，并帮助挂急诊；很多人为这个系嘎的警察说话。而这个人，从警十多年间，获得了优秀民警、最佳中队长、先进个人、个人三等功、七次嘉奖等二十七项荣誉，其中，"最佳外勤警察"是群众投票的。总之，这个固执又死板的家伙，是个优秀的警察。

采访的时候，我问送水工小孙，事情怎么会到这么严重的地步？

小孙说，我不愿意让他扣走我的车！我一直找不到工作，这个活还是别人介绍的。前几天大暴雨，我从轮渡骑到金尚路，十公里吧，路上的积水快淹没膝盖，大雨中我还是骑骑骑。送一桶水，我可以赚一块五，每天我只花一块钱早上吃两个馒头，中午晚上都是吃老板的。这样，我算了一下，一个月我就差不多赚到七百块钱。现在，我才干二十天，车子被扣了，我用什么赔老板？老板肯定不要我了。我当然不能让他扣走！

警察凶吗？

凶！开始不凶，后来很凶！

和高大帅气的警察大宁相比，这个叫小孙的送水工长得又小又黑，不止外表令人同情，内里也狼狈沧桑。他说，我父亲总骂我又蠢又倔，我从小就不愿读书，只会写自己的名字。到厦门我找不到工作，搞非法载客又老被警察逮住，扣了几辆摩托车，还欠了我妹妹家一万多块钱；半年前，我老婆跟人跑了，我当着那个男人的面，求她别走，没用。六块钱的刮胡子刀，我都买不起，衣服也是我妹妹给我的，我还要养儿子，我不能没有这个工作啊！不过，那个警察根本不相信我说的话，看上去他的表情是：你一个男人，这样求人，真他妈丢人！后来我也不是故意砸施救车的，我就是不想活了。一开始，我也没有哭，是他们用手铐铐我的时候，我才哭了，我实在太绝望了！弱小、眼泪、失败、卑微、贫穷，都在小孙这一边；威猛、法律、优越、手铐、强制力，都属于警察大宁。

执法者和被执法人，虽然彼此都很普通，但是他们之间的力量对比太悬殊了，当事人谁都没有想到，他们将因此被席卷上全国网络舆论巅峰。而这之前，最触动我的情节出现了。这依然是来自送水工小孙的自诉：车扣走，我只好跟着那个警察去中队做笔录。我还是气得要命，就跟他说我老婆、儿子、自己的倒霉事。后来他一直听着，没有打断我。再后来我妹妹赶来了，看到我手铐铐过的手腕肿了，我妹妹就哭了。我也哭了。我妹妹突然拉起我的衣服，那警察就看到我因为严重中暑，一条条黑黑的刮痧血痕。那个警察站起来，为我倒了一杯水，端了给我。后来，他就把车子还给我了。我马上就笑了。他说，你和早上不一样了。我说，因为你还了我一条命了啊！

这个时候，这对法律冤家，还不知道，他们很快就要进入舆论风暴中心了。在全国压倒性的舆论暴雪后,警察大宁被停职。采访他的两个半小时里,他的手机响个不停。他有些不好意思,解释说,都是全国各地同学朋友的问候。我臭名远扬了。不过,这一周以来,我一天有时接到十多个陌生人的电话,我问你是谁,对方说,别问我是谁,大宁,你要挺住。

那天,你是不是比平时都凶?

不。他说,这并不是非常可气的违章。不过,执法者的面孔,肯定不是笑嘻嘻的。

你是不是打了他?

没有。但开施救车的工人,是给了他一拳,当时送水工情绪失控猛砸施救车。

你为什么要动用警械呢?

他对车辆暂扣反应太剧烈了。警告无效,又围观者众。

是不是也伤了你个人的尊严呢?

有点吧，但更多的是法律尊严。

你知道使用警械的程序规定吗？

知道。但我没有更好的选择了。如果不通过强制措施，扣车行为就更像动粗，不规范；如果听任他抢回去，那是法律的让步，是法律的难堪。

既然没有手续，为什么你当天下午还是放了车？

大宁说，违章人员的谎言，我们听得多了。但是，这次，我相信他说的是真的。所以，我把他的情况跟领导汇报了。车子是破例特批放行的。车子放行了，但那个晚上，我一直睡不好。从警多年，我们一直在帮助很多孤寡病弱者，但从来没有深谈过，关怀得有距离。我后来觉得那家伙的确可怜。没想到，第二天傍晚我游泳回来，才知道，我已经成了千夫所指的恶人。

停职的这些天里，你对处理结果有什么预想吗？

他说，我做了最坏打算。如果开除我，我只能离开。这一天来到的时候，我会非常失望，心灰意冷。说到这里，警察大宁的眼眶红了，他极力扭头看别处。我等他平静后，再度提问，但他一直用张开的大手掌盖在自己脸上，一动不动，没有回答。最后，我看到他的泪水在指缝间慢慢滑落。后来，他在手掌底下说，对不起，我第一次失控。出事以来，我一直在忍，一直在忍。我告诉自己一定要忍住，面对所有人，包括家人，我都不想掉下眼泪。

之后，我们也采访了那位内心丰富的当事记者。关于批评报道为何不采访当事警察一方以及新闻人强烈情绪流露，是否丧失客观中立的报道立场，都倾听了记者的辩解。还采访了法律界的各种声音。包括理解声援执法者，点评执法程序瑕疵以及批评现有法规关于使用警械规定粗放、操作性差等问题。这些声音，都很快随风而逝了。对于我来说，法律的刚性碰撞之外，我更敏感于，双方人性温度的交换。送水工最后告诉我：那个警察是个好人。如果他有麻烦，我会很难过的。需要的话，请他来找我。而那个生死未卜的警察，最后跟我说是，法律面前人人平等，我不会因为你是黑瘦的送水工，我就法外开恩。这违反了法治精神！透过他泪痕模糊的脸，我看见了法律条文空隙中的丰富驳杂。事实上，法律、规章，不管多么威而刚，那个黑瘦穷的弱势者，不就让一个严厉执法的警察失眠了？

这就是源自内心的善的力量。

在讲述下一个故事之前，插几个花絮。

采访这个职业，有时很无理粗暴。所以，我很感谢人们对我的敞开与信任，是他们，让我看到了阳光照耀在普通人心房的金色时刻。这样的访谈，让我对世事人心，弥漫起疼惜、怜悯之情。经常看着上下班高峰期的斑马线上脚步匆匆的各色人群，我总想，这些斑驳庸常甚至丑陋的身躯里，大都有一颗趋光的心。它们痛过，也许正在痛着，它们爱过，也许正在爱着，他们在美好中，他们在失败中，它们在嫉恨或者希望里，这些，斑马线上你统统看不出来。其实，所谓的善恶，不就是在主客观综合条件下的瞬间呈现？

前一阵子，网络中的人们，在接龙贴发陌生人感动自己的瞬间，比如，有个女孩和妈妈吵架，穿着睡衣蹲在深夜的街头哭泣，一个拾荒人经过，默默地给她送了一瓶水就走了；傍晚天黑了，两个穿着像痞子的男人，给了卖菜老太太一百元，抬走地上老人卖不掉的全部青菜；一个伤心的女子，无处宣泄，胡乱拨了一个电话，对着电话放声痛哭。接电话的人，听了她很久很久，最后说，别哭了，我抱不到你；还有一个电动车骑行者，深夜骑行在漆黑的省道上，车灯坏了，一辆路过的汽车发现了他可能被撞的危境，开始减速慢行，一直用车灯照耀护佑着他，直到进入安全地带；一个女孩走在漆黑的胡同里，一辆载人自行车路过，女孩赶紧追随他们摆脱恐惧。那两人便下车了，陪着女孩步行，而女孩后来发现，被载的人，是个孕妇。

好，插播完花絮，我讲述最后一个故事吧。

这个故事是见报的，见报后，我被骂了，我惹很多好人生气了。他们不能容忍，我在坏人身上的耐心与停留。

我们上一个故事，说到执法者的一夜失眠，这个故事，要讲述的是一个杀人犯的一夜难眠。这个故事发生在多年以前一个五月的深夜。一个小偷进入了女生宿舍，他惊醒了那个女孩，但也完成了抢劫。意外发生在，劫匪退出后发现忘了拿别处偷的相机，再度返回。女孩惊叫，场面失控。女孩被杀。几个月后，施害人被执行枪决。刑前，我们有了一次长谈，复原了劫匪和那女孩的最后对话——当然，这是单方面的复原，大家只能分析性地听听了。我们叫劫匪马某吧，这样比较像坏人。

马某的回忆，是惊心动魄的。不是那种动脉血飙飞的惊心动魄，而是女孩和马某的对话本身，这么说吧，正是双方的惊人的信任，一步一步驱动着故事走向两人毁灭的结局。换句话说，在那个无比凶险的时刻，双方都拿出了非同寻常的步步惊心的勇气，选择了彼此信任。

实际上，女孩一被惊醒，威胁性的刀尖，就划破女孩的掌心。马某说，我只要钱！但女孩很镇定，说，干嘛走这一步呢？马某低吼：关你屁事！女孩说，我给你钱。以后，你还是做好人吧。

这是个相当好的开头。马某扑上去将女孩捆绑时，绑得很松。他告诉记者：只是一个意思而已，因为她很温顺。之后，马某一直都没有翻到女孩所说的钱包，女孩就抬手指了方向。这个动作，让马某勃然大怒：我是想让你舒服点，你怎么能表面样子都不做？！

女孩的身体自由，让马某惊慌，他恶狠狠地重新捆绑女孩。但是，还是没有捆紧。第二波信任又出现了。

而且，在女孩抱怨绳子夹缠疼她长发了，他又解开重新绑过。最后，因为绑得太松，一动，绳子又掉了。马某竟然放弃了捆绑。他跟我说，她抱着胳膊坐在我身边说话的样子，好像我的好朋友。

第三波的双方信任又来了。马某说，房间里始终没有开灯，外面的路灯透了进来。她跟我说话的时候，会歪过脑袋来看我。我伸手就把她脑袋拨回去；不许看！低头！女孩说，好吧。一会儿她说，低头很难受啊。马某说，那就抬头吧。不许看我！

那个凶险的五月之夜，两个人聊得比深夜还深。女孩说到了自己贫寒的出生，贫困的家，以及父母全家对她读书的支持。马某听了难过：你读到研究生，都花了六年家里的钱了啊！你要报答父母啊。你的成绩怎么样？女孩笑着说，马马虎虎。你呢？马某不好意思跟她说，因为抢劫被判过刑，就回答女孩自己在工厂做过。女孩还问了他有没有女朋友，并表示，如果她有好的工作，可以帮他介绍一个。

氛围看起来不错。马某要撤了。这时，第四波的信任又出现了。临行，马某撕一块床单，堵了女孩的嘴后撤出房间。但是，他猛然想起，他从别的地方偷到的相机，落在女孩屋里了。但他的再度返回，让女孩失声惊叫。马某惊恐至极更怒不可遏。女孩说，你堵的床单小，我嘴一动就掉出来了。马某对我说，那真是个没有心眼的小女孩啊！可是，我怕我没走远她就大喊，这次我撕了块更大的。但我最终还是没用大的堵她，只是把单子蒙在她嘴巴上，不掉出来就好了。我一再心软，实在是觉得她好。她对我，太没有戒心了。马某说，我一贯独来独往，从来没有人这样对待我，我有点舍不得走了。

事情就在这里逆转了，马某试探了信任的超限值。他说，我入室抢劫，我们素不相识，你为什么对我这么好，不怕我强奸你？！

女孩沉默了。夜色死一般沉寂，两人在长久的沉默中，感受着最严峻的考验。马某扑向女孩，而并未捆绑的女孩，猛力地一脚踹向马某，紧接着第二脚、第三脚，同样地，没有被堵紧嘴巴的女孩在愤怒叫喊。马某疯狂了，他挥刀制止女孩的恐怖声响，然而，他听到了致命的嘶嘶声，那是颈动脉鲜血疾飙的死亡之音。刀太快了，女孩软了下去。

马某落泪了。他懊悔痛苦得无以复加。他亲手毁灭了一个在人世对他最友善的人，他毁灭自己。而那天抢劫，他只是想给老家乡下的妹妹，买一个"六一"新书包。他请我转告女孩父母他的沉痛歉意。他希望他身上所有能用的器官，都捐赠出来。如果能换钱，统统转给女孩的家人。

那一年，两个人都走了。很长一段时间里，我都在这两个非常态终结的生命中徘徊，在那个危险的时刻，他们双方都把人性之温暖，曲折地呈现到了极致。女孩在生死一线间不断劝善，劫匪在危亡时刻一再心软、松懈防御；如果不是相机遗忘，如果不是马某愚蠢地扩大美好成果，滥用信任莽撞僭越，他们已经完成了善的最艰难的相遇与相溶。

我一直认为，善恶都是生命的"出厂设置"。在我们的一生中，理解力、同情心、仓廪实、好的关系、舒适的身体，都会影响我们的恶善沉潜升表。不要指望，一个急性牙疼的人有好脾气；一个遭遇不公的人笑容可掬，不要苛求，猪一样见识里大爱无疆；但是，我知道每个人心中都有一颗夜明珠，它小小的光华照亮他的内在，他知道自己的好；我同样知道，内外在条件不同，我们人格的善恶配方也会随时改变，外呈的状态也自不相同。比如，前面我们说到的感动人的一瞬，也许，那个耐心倾听一个伤心女人痛哭的陌生人，他刚刚受过贿；也许，那个为别人留灯的人，多次背叛妻子或丈夫；也许，那两个留着鞋带头帮助卖菜老婆婆的痞子，一言不合，就大打出手；当然，这是我的不礼貌推想，但这都是可能存在的人性景观，因为，这就是真实的我们。

所以，所有的判决书，都是人生的剪影；所有的档案，都在简略的呈现中完成了巨大的遮蔽。而文学，才是世相人心的工笔画，它至少提供了一个机会，让我们以相对深刻和全面的知觉，去触摸人生的凹凸裂隙。一份处理决定和判决书，只能告诉我们什么不能干，而优秀的文学，是让我们洞见，在判决裁定的后面，那个生命蒸腾的丰沛世界。它使我们在人性万花筒面前停留，获得见识，让我们拥有更深刻的理解力，去感受真实，接纳同类与万物。

最后，顺便说一句，第一个故事中的警察，早已从泥泞中爬起；第二个故事中的劫匪，也实现了他的善愿。至今，他的心脏——那颗备受心脏移植专家表扬的结实心脏，还在一个农家青年的胸腔里跳动。

好，谢谢大家。